W9-BMP-898

Chula Vista Public Library
365 F Street
Chula Vista, CA 91910

Copyright © 1990 by Nord-Süd Verlag AG, Gossau Zürich, Switzerland.
First published in Switzerland under the title *Sonne und Mond*.
Translation copyright © 1998 by North-South Books Inc.
All rights reserved. No part of this book may be reproduced or utilized in any form or
by any means, electronic or mechanical, including photocopying, recording, or any
information storage and retrieval system, without permission in writing fromt the publisher.

First Spanish language edition published in the United States in 1998
by Ediciones Norte-Sur, an imprint of Nord-Sud Verlag AG, Gossau Zürich, Switzerland.

Library of Congress Cataloging-in-Publication Data is available.

ISBN 1-55858-652-0 (Spanish paperback)
1 3 5 7 9 PB 10 8 6 4 2
ISBN 1-55858-341-6 (Spanish hardcover)
1 3 5 7 9 PB l0 8 6 4 2

Printed in Belgium

Si desea más información sobre este libro o sobre otras publicaciones de Ediciones Norte-Sur,
visite nuestra página en el World Wide Web: http://www.northsouth.com

CHULA VISTA PUBLIC LIBRARY

3 3650 01675 1037

Marcus Pfister

El Sol y la Luna

Traducido por Alis Alejandro

Ediciones Norte-Sur
New York

Era una brillante mañana de otoño y el Sol ya estaba en el cielo, trepando lentamente hacia lo alto. Sin embargo, su rostro se entristecía al mirar hacia la Tierra.

Al verlo, la Tierra se sintió preocupada.

—¿Qué pasa? —le preguntó la Tierra al Sol—. ¿Por qué te escondes detrás de esos nubarrones? Hoy pareces estar muy triste.

—Me siento solo —respondió el Sol—. ¡Hace tanto tiempo que recorro el mismo camino, día tras día, sin un amigo! Por eso me siento tan triste.

—¿Y qué opinas del Viento? —preguntó la Tierra—. ¿Acaso el Viento no podría ser tu amigo?

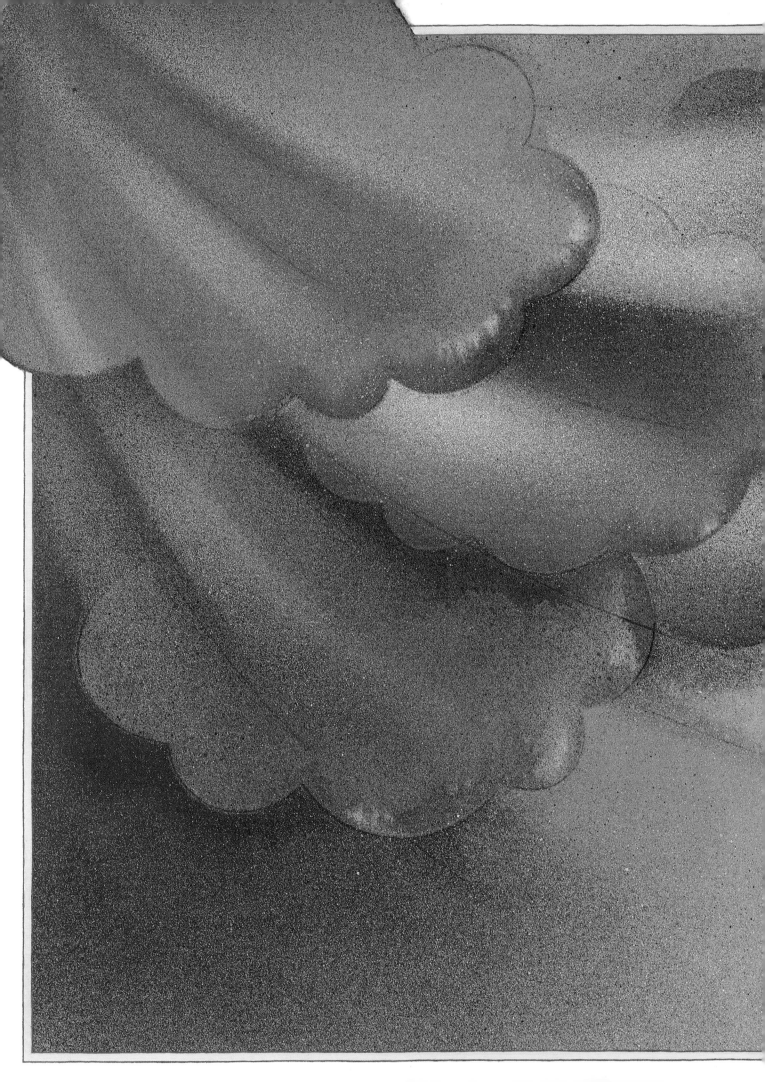

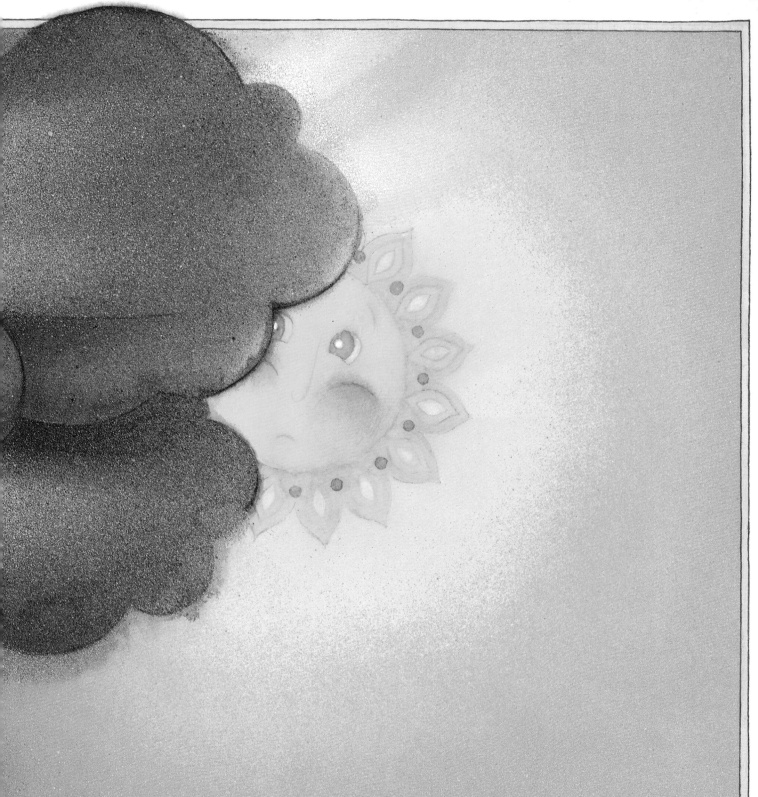

—¡No! —exclamó el Sol—. Siempre me hace enojar, correteando a mi alrededor a toda velocidad y soplándome nubes a la cara. Y no sopla nubes pequeñas, como ésas que parecen corderitos de algodón. No. Sopla negros nubarrones cargados de lluvia. ¿Qué amigo haría eso?

—Y además —continuó diciendo el Sol—, las tormentas me dan mucho miedo. Los truenos retumban tanto que casi me dejan sordo y el resplandor de los relámpagos es tan fuerte que me daña la vista. Durante las tormentas los ratones corren a refugiarse en sus madrigueras, los zorros no se animan a salir de sus escondites y los pájaros se quedan acurrucados en sus nidos. Todo el mundo le tiene miedo a las tormentas; especialmente los niños.

—¿Y qué piensas del Arco Iris? —preguntó la Tierra.

—El Arco Iris es un buen amigo —contestó el Sol sonriendo—. Me consuela cuando trato de abrirme paso entre los negros nubarrones. Pero cuando la lluvia se va, el Arco Iris también se va y entonces me siento más solo que antes.

—Pobre Sol —se lamentó la Tierra—. ¿Y los niños? ¿No podrían ser tus amigos? Ellos te quieren mucho.

—A mí me gustan los niños —dijo el Sol—. Pero nunca puedo acercarme mucho a ellos. Apenas les hago cosquillas en la nariz, estornudan y comienzan a reírse. Yo ya no puedo reírme más. Me siento demasiado solo y brillar no me da ningún placer.

Al llegar la noche, el Sol se ocultó en la niebla y se hundió preocupado detrás del horizonte.

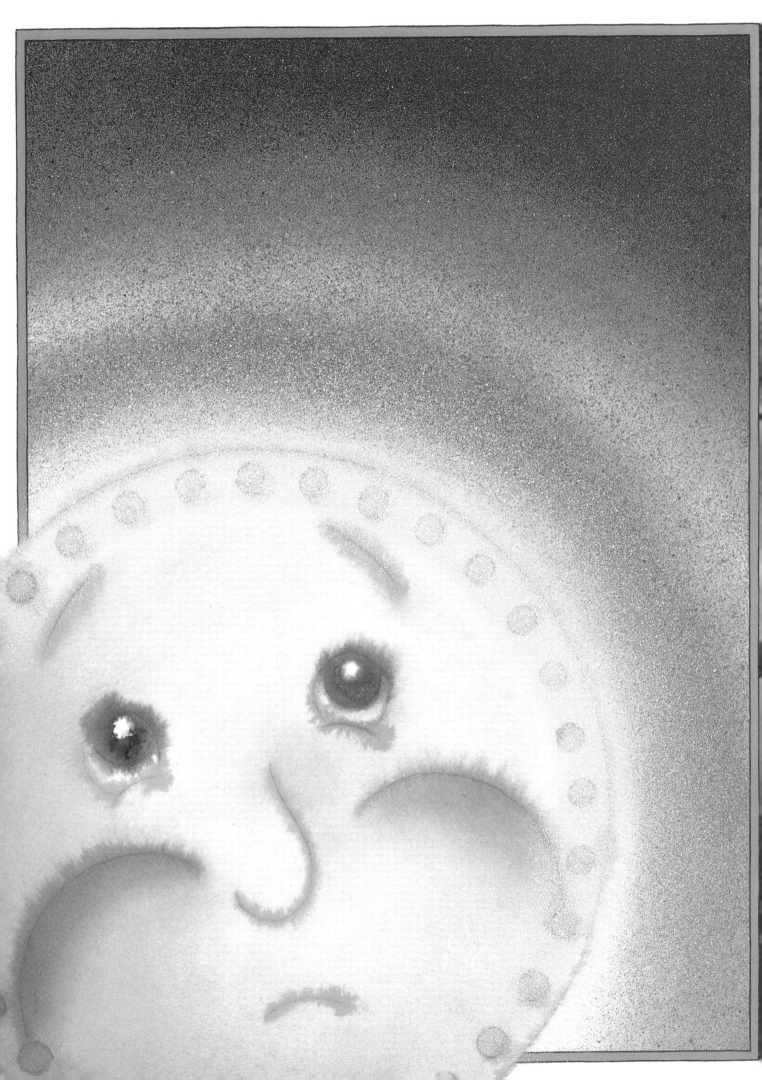

Casi enseguida apareció la Luna. Después de tantos años de vivir en el cielo enorme y vacío, ella también se sentía sola y quería tener a alguien que le hiciera compañía.

La Tierra se dio cuenta inmediatamente de que la Luna también se sentía sola.

—No estés tan triste —le dijo la Tierra con dulzura—. ¿Acaso no son las Estrellas tus amigas?

—Me encantan las Estrellas —respondió la Luna—. Pero están tan lejos que no pueden oírme.

—¿Y qué me dices de los Cometas? Ellos siempre están dispuestos a jugar.

—Me gustan los Cometas —reconoció la Luna con una sonrisa—. Pero ellos llegan y se van tan rápido que ni siquiera me dan tiempo a decirles hola.

—¿Y qué opinas de los niños? Seguramente ellos podrían ser tus amigos. A ellos les gusta mucho ver cómo brillas de noche en el cielo.

—Lo sé, lo sé. Me llaman Luna bonita y me dedican canciones diciendo que soy muy hermosa. Pero cuando voy a verlos, asomándome por la noche a sus ventanas, ya están todos dormidos.

—No estés tan triste, querida Luna —dijo la Tierra, tratando de consolarla—. Muy pronto encontrarás un amigo.

—Yo sé a quién me gustaría tener como amigo —dijo la Luna—. Todas las mañanas, cuando la noche llega a su fin, veo al Sol a lo lejos. Y es entonces cuando él comienza a lanzar sus primeros rayos dorados. Me parece tan hermoso . . . Sí; él podría ser mi mejor amigo.

Todas las mañanas, el Sol miraba con timidez a la plateada Luna. Él también quería tener amigos. Pero, ¿qué podía hacer para encontrarse con la Luna? ¿Acaso tendrían que abandonar el cielo y encontrarse en otro lugar?

Claro que no; eso sería imposible. Todos necesitan del Sol para vivir. Gracias al Sol, las flores crecen y es el Sol quien nos da luz y calor. Sin el Sol, la vida en la Tierra no existiría.

Además, la Luna tampoco podría abandonar su lugar en el cielo. Es ella quien cuida a las personas y los animales cuando duermen.

Finalmente, una noche la Luna le dijo al Sol:

—Querido Sol, me gustaría que fuéramos amigos.
Podríamos conversar a la mañana y a la noche, y contarnos
las cosas interesantes que hemos visto. ¡Quién sabe! ¡Quizás
un día nuestros caminos se crucen!

Cuando el Sol escuchó esto brilló de felicidad y su luz se hizo más deslumbrante que nunca.

Todo el mundo se alegró de que el Sol y la Luna se estuvieran haciendo amigos. Parecían muy felices cada vez que hablaban y a medida que pasaba el tiempo, sus recorridos se iban acercando más y más.

Hasta que finalmente, un claro y maravilloso día, la Luna se colocó frente al Sol, oscureciendo el cielo casi por completo. Un delgado y ardiente anillo de fuego era lo único que se alcanzaba a ver del Sol.

—¡El Sol no está! ¡Es un eclipse total! —dijeron todos excitados y corrieron a buscar vidrios oscuros para ver este acontecimiento extraordinario.

Pero lamentablemente, el Sol y la Luna no podían permanecer juntos durante mucho tiempo. Ellos sabían muy bien que la vida de las personas y los animales dependía de ellos, tanto de día como de noche.

A los dos amigos les gustó tanto estar juntos que decidieron encontrarse regularmente. A partir de ese día, el Sol y la Luna están siempre esperando a que llegue el próximo encuentro. Y ahora que tienen un amigo se sienten más felices que nunca.